衛斯理系列 少年版 17

活俑

上

作者：衛斯理

文字整理：耿啟文

繪畫：鄺志德

衛斯理
親自演繹衛斯理

老少咸宜的新作

　　寫了幾十年的小說，從來沒想過讀者的年齡層，直到出版社提出可以有少年版，才猛然省起，讀者年齡不同，對文字的理解和接受能力，也有所不同，確然可以將少年作特定對象而寫作。然本人年邁力衰，且不是所長，就由出版社籌劃。經蘇惠良老總精心處理，少年版面世。讀畢，大是嘆服，豈止少年，直頭老少咸宜，舊文新生，妙不可言，樂為之序。

　　　　　　　　　　　倪匡　2018.10.11　香港

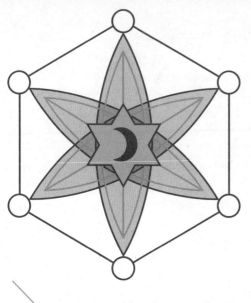

目錄

主要登場角色

白素

白老大

衛斯理

卓長根

馬金花

卓大叔

第一章

千里揚名奇女子

我寫《異寶》的時候，曾提過一件發生在《異寶》之前的奇異經歷，故事取名為《活俑》，這個故事得從**七十五**年前的一件往事說起。

那年，馬金花只有十六歲，她的名字在方圓千里無人不知，而她最出名的四件事是：**騎術、槍法**、美麗和潑辣。

要是有誰不知道馬金花這出名的四件事，只要一進入中

5

條山麓，渭水和涇河流域那一大片草原，都很快會知道馬金花這個名字，聽到她的種種故事，包括她十五歲那年，帶着牧場中的十八個好手，勇闖中條山，把盤踞在那裏的一幫 **土匪** 全部殲滅的事迹。

馬金花的父親 *馬醉木*，是馬氏牧場的主人。這個大牧場養着上萬頭牛，上萬匹馬，是陝西省最大的一個 **牧場** ⊞

馬醉木不是當地人，據說他從**山海關**外遷移過來，帶着一批忠心耿耿的粗豪漢子來到涇渭平原，先弄了一個小牧場，後來漸漸擴充，把本來的幾十個小牧場合併為一個大牧場，那就是今天的馬氏牧場。

二十年下來，馬氏牧場養出來的馬，成了各地**$馬販$**爭相搶購的目標。而馬醉木為人豪爽，講義氣，自然而然成為了黃河上下人人尊敬的人物，再凶悍的土匪，也不敢在馬氏牧場附近的地區生事。

馬醉木四十歲才娶妻，結婚後第二年生下**馬金花**。

馬金花雖然是女孩子，可是從小就像她豪邁的父親，先學會騎馬，再學會走路；先學使槍，才學會拿筷子；先學會罵人，才學會講話。

她十二歲那年，已經長得高䠷成熟，是出了名的小美人。有一次，八九個不知天高地厚的小伙子，在市集上向馬

金花出言撩撥，馬金花提議來一場**賽馬**，九個小伙子欣然答應。

那天早上，十匹駿馬，在萬眾矚目之下，像一股**旋風**掃出了市集，馬蹄聲震天，馬金花一身白衣，白得像雪，頭髮烏亮，雖然整天在野外，可是她的皮膚還是那樣細膩潔白。

她在頭上紮了一條長長的**白絲巾**，策馬飛馳，絲巾

飄揚，再配上那匹通體純白，一根雜毛也沒有的白馬，看得

上萬人齊聲喝采，驚天動地。

　　而那九個小伙子也是一等一的騎術好手，所挑的馬，萬

中選一，當真是人強馬壯，看得人心曠神怡。

　　到了中午時分，馬金

花**單人匹馬**，

又像旋風一樣捲了回來，

喧鬧的市集，在剎那之間靜

了下來。只見馬金花全身上

下，連同那匹白馬，都染着

血，可是看馬金花的神

情，卻一點也不像受了傷。

　　馬醉木帶着牧場中的

幾條**大漢**迎了上去，馬

金花<ruby>勒韁<rt></rt></ruby>停下，翻身下馬，第一句話是：「把小白龍牽去洗刷，不准弄掉牠一根毛，也不准在牠身上留下一點血。」

兩個彪形大漢大聲答應，牽過白馬走了開去。

所有人還未弄清楚發生了什麼事，馬金花已向父親說：「爹，公平競馬，我沒要他們的性命，是他們騎術不精，自己從馬上摔了下來，斷胳臂折腿，那可不關我的事！」

馬醉木只是嘆了一口氣，搖了搖頭。

自此，方圓九百里的小伙子都知道，這個小美人是惹

不得的。

一年一年過去，馬金花愈大愈美麗，十五歲那年平了中條山那幫悍匪後，更沒有人敢惹她了。

馬金花最敏感男女之間的情事，十五歲之後，有不少大財主派人來說媒，可是前來說媒的人都弄得**灰頭土臉**離開。

馬金花還有天生的管理才能，牧場中的大小事務，一經她處理，立時井井有條。那些**粗豪**的江湖漢子有了爭執，只要馬金花到場，不必幾句話，就可以令到本來已經反目成仇的人，變成肝膽相照的好朋友。

但這樣一個萬眾矚目的 ✦**傳奇人物**✦，在十六歲那年，竟突然神秘失蹤了！

馬金花失蹤的經過是這樣的：那時正值暮春，是放牧馬匹的最好季節。她準備帶幾百匹正當發情的雄馬到遼闊的

草原 去，讓牠們盡情馳騁，發洩無窮無盡的精力，然後挑選其中最精壯的，作為配種之用，替牧場增添優良馬匹。

 是牧場中的大事，四年前馬金花第一次

主持放馬，有幾個老資格的放馬人擔心她不能勝任，但她完成任務後，就再沒有人對她的能力表示任何懷疑了。

那天早上，馬金花騎着她的「小白龍」，高舉着右手，「呼」地一下揮出了手中的鞭子，牧場的木柵隨即打開，三百多匹馬嘶叫着，揚鬃踢蹄，爭先恐後地奔馳出去。

馬金花一馬當先，據說她的小白龍是整個華北最好的一匹馬，是她從小養大的，馬和人兩位一體，飛馳起來就像一團白色旋風。

其他未經馴服的雄馬，性子暴烈，奔馳起來急驟快疾，再有經驗的牧馬人，也不敢置身於這種馬群中，所以他們都是先排成了隊形，緊貼在馬群的旁邊跟着奔馳，盡力保持馬群的隊形，防止馬匹奔散開去。同時，馬群後面也要有牧馬人押後。

那一次放馬，馬氏牧場出動的牧馬人，一共有八十餘人，多是經驗豐富的好手，但也有第一次參加的新手。

那幾百匹雄馬像 **狂風** 般向前捲去，與前面的馬金花相距不足十丈。若帶頭放馬的人被馬群追上，置身於馬群之中，將會引起不可控制的混亂場面，危險萬分。

但小白龍果然是萬中選一的好馬，一經催策，四蹄翻飛，速度又加快了不少，不過也刺激起後面的馬群加速追趕。

而最狼狽的莫如那八十多個 **牧馬人**，他們本來在馬群的兩旁列成隊形，可是漸漸落後，繼而被完全拋離。

馬群像瘋了一樣，愈奔愈快，那八十多個牧馬人也分出了先後，馳在最前面的只有六人，都是最優秀的精英，他們的馬匹已被催策得渾身是汗漿，他們自己也一樣 **大汗淋**

漓，卻依然追不上馬群。

其中兩匹馬支持不住了，跪跌下來，馬上的人在地上打了一個滾，支撐着站了起來，另外四人也勒住了馬。

馬群雖然走遠了，但幾百匹馬在奔馳，馬蹄打在地上的震動相當驚人，所以其中一個經驗豐富的牧馬人，立刻伏身把耳朵貼在地上，憑地面傳來的輕微震盪，判斷馬群的遠近。

那人伏在地上用心聽着，其餘五人圍在他的身邊，心急地問：「怎麼樣？離我們多遠？」

15

那人神情怪異，口角牽動着，卻説不出話。

這時，又有十來個人趕到，紛紛下馬追問情況，那伏地的人慢慢站了起來，戰戰兢兢地説：「**馬群**不見了。」

「馬群怎麼會不見了？」大家七嘴八舌地議論着。

那人指着地，示意不相信的人，把自己的耳朵貼到地上去聽。一時之間，有十多個人伏到地上去，而每個人的神情，都在刹那之間變得極其怪異。

因為他們竟聽不到任何**蹄聲**！

第二章

白老大的「老」朋友

　　幾百匹馬在奔馳，就算已跑出五六十里外，也不可能一點聲息也聽不到的。大家面面相覷，其中一個小伙子突然想到：「馬群停下來了。」

　　其餘的人如⋯夢初醒，立時鬆了一口氣。對，馬群一定是停下來了，所以聽不到蹄聲。

可是，各人又感到有點不對勁，那一大群全是性子十分**暴烈**的雄馬，不奔出超過一百里去，怎會突然停下來？而根據馬群剛才奔馳的速度，最多只奔出了二十來里，如果不是有什麼特別的原因，不會停下。

幾個為首的牧馬人商議了一下，決定趕上去看看，但由於有許多馬匹已經**疲憊不堪**，所以並不是每一個人都可以追上去，大約只有二十個人左右，一起上了馬，帶頭的是個**青年人**，那時只有十八歲，他的名字是卓長根。

特別強調了一下那位卓長根先生當時的年齡，因為我見到這位卓長根先生時，他已經是一個高齡九十三歲的**老人**了，是白素的父親白老大介紹給我認識的。

某天，白素突然收到白老大的電郵，要我們前往他隱居的法國南部，有要事商量，詳情待見面再談。

對於老年人的古怪脾氣，我有相當程度的了解，白老大

可能只是一時寂寞，隨便找個藉口想見見我們而已。

「好久沒有見到他**老人家**了。」白素說。

我也同意道：「對，何況法國南部的風光氣候，我們都喜歡。」

事情就這樣決定，第三天下午，我們已經到了目的地。白老大有一個**農莊**，這個農莊的規模並不大，一半地方用來種葡萄，附設了一個小**酒坊**，用他考據出來的古法釀製白蘭地；另一半地方則用來養馬，算是一個**小型牧場**。

我們下了機，白老大派來接我們的車子，是一輛小貨車，我們問了一下那位司機，他說白老大身體健壯，無病無痛，使我更相信白老大所講的「要事」，就只是想見見我們而已。

大約兩小時後，車子駛進了白老大的農莊，放眼看去，全是粒粒晶瑩飽滿的**葡萄** 🍇。駛過了葡萄田，車子在房舍前面的空地停下，立刻見到白老大「呵呵」地笑着，張開雙臂走了出來，他**滿面通紅**，笑聲洪亮，看起來十分健康愉快。

白老大用力拍着我的背，「小衛，有沒有從外星人那裏，學到了什麼特殊的釀酒方法？」

我笑道：「沒有，這方面他們似乎要向地球人學習。」

白老大哈哈大笑，「對，下次你帶些**外星朋友**來，我教他們釀酒。」

在笑聲中，我們進了屋子。白老大的隱居生活十分簡約舒適，家居擺設樸實無華，沒有什麼排場，令人感到非常舒服。

我還沒有坐下，白老大已鄭而重之，捧着一瓶酒，在我面前晃了一下，「來，試試我**古法釀製**的好酒。」

他説着拔開了瓶塞，把**金黃色的酒**斟進杯子，遞了過來。

我接過杯子，先聞了一聞，是一股刺鼻的酒精味，非但不能算是佳釀，甚至比普遍酒吧中可以喝到的**劣等酒**，也還有一段距離。

我用杯子半遮住臉，向白素使了一個眼色，白素向我作了一個**鬼臉**。我再向白老大看去，看到他一臉等着我讚揚的神情。我心中暗嘆了一聲，把杯子舉到**唇邊**，小小呷了一口。

「怎麼樣？」白老大急切地問。

　　我好不容易把那一小口酒 嚥 了下去，放下杯子說：
「這是我有生以來所喝過——」

　　我講到這裏，頓
了一頓，白老大的神
情看來更緊張，白素
已經轉過頭，不忍看
下去，而我接下去大
聲說：「**最難喝的**
酒🍷。」

　　白老大的反應出乎我意料之外，他非但沒有生氣，反倒
哈哈大笑，指着一扇門喊：「老卓，你看，我沒有騙你吧，
衛斯理就是有這個好處，一是一，二是二，哼，**老丈人**給
他喝的酒，他也敢說最難喝！」

　　白老大指着的那扇門中，走出了一個老人來。這個老人

身形極高，腰板挺直，膚色黑裏透紅，下頜是白得發亮的**短髯**，雙眼十分有神，一點也未現老態。頭頂上一根頭髮也沒有，亮得幾乎可以當鏡子。

老人笑着走出來，笑聲簡直有點**震耳欲聾**，他的手掌又大又厚又有力，掌上滿是堅硬的**老繭**，和我用力握着手説：「好小子，我還以為小白只是在吹牛。」

他講的是一口陝甘地區的**鄉音**，聽來更加豪邁，他稱白老大為「小白」，使我大感詫異，白老大立時在一旁解釋：「這老不死，今年九十三歲，看起來，還像可以活許多年。」

這個老人就是卓長根了，互相介紹過後，他就**開門見山**説：「你老丈人説，我心裏的那個謎團，除了你之外，難有別人可以解開，所以叫你來聽聽。」

聽他這樣説，白老大電郵中提到的「要事」，原來是這

個老人心中的一個「謎團」。

白老大放下了手中的酒瓶，另外又拿出了好酒來，我和白素細心聽着卓長根講「故事」，他講的，就是我開頭所記述，馬金花的故事。

白老大多半是已經聽過，所以當卓長根開始敘述，他就走開了。

卓長根説自己是在九歲那一年，隨父親帶着一百匹好馬，投入馬氏牧場的。那一百匹好馬，是卓長根父親所培養的心血結晶。

馬醉木看到了那一百匹馬，不禁睜大了眼，「隨便你要什麼條件，只管開口。」

卓長根的父親笑了一下，笑容中有一股淒苦的味道。那時他看起來大約四十歲不到，正值壯年，高大剽悍。

馬醉木和他一見如故，豪邁地拍一下胸膛説：「卓老

弟，就算你那一百匹好馬不給我，也算是讓我開了眼界。不論你有什麼事，要我幫忙，只要我做得到，決不推託半句。」

卓長根的父親又**淒然一笑**，但看得出他大大鬆了一口氣，「我算是沒有找錯人，馬場主，這一百匹馬，只不過是我的一點**心意**，不敢說是禮物，而且我也想不出，除了馬氏牧場之外，還有誰有資格養牧這一百匹好馬。」

這幾句話讓在場的人十分驚詫，那是什麼意思？難道他要**放棄**牧馬？這對於牧馬人來說，簡直不可思議！

當時，倚在馬醉木身邊的馬金花只有七歲，直率地問：「怎麼，馬不是你的嗎？為什麼不要那些馬了？」

這是卓長根第一次注意到馬金花。

卓長根那年雖然只有九歲，可是身材已**高**得出奇，而

且十分壯健，看起來像個十三四歲的少年。父親還沒有回

答，他已經踏前了一步說：「**我爹快死了。**」

第三章

金童玉女

　　卓長根的話，令本來已經錯愕的人，更加錯愕。馬醉木立刻派兩個得力手下為卓長根的父親 *把脈*，檢查身體狀況。他們兩人精通醫理，有本事把斷成五六截的臂骨接起來。

　　這時候，馬醉木問卓長根：「小兄弟，你今年多大了？」

　　卓長根昂然回答：「九歲。」

　　也就是在那一刻，馬金花才認真注意到卓長根。

　　馬金花望着卓長根，小女孩的神情十分 **高傲**。卓長根回望着馬金花，小男孩的神情也十分高傲。

沒多久，那兩個醫師滿臉疑惑，異口同聲說：「卓朋友，你一點病痛也沒有，**怎麼會——**」

卓長根的父親嘆了一聲，並不說什麼，馬醉木立即豪氣道：「卓老弟，你是不是惹上了什麼**仇家**？你放心，既然看得起我，到了馬氏牧場，不管有什麼深仇大恨，也不

管對方是多麼厲害的角色，能化解就化解，不能化解，你的事，就是我的事。」

馬醉木那一番話，慷慨豪邁，聽得人**熱血沸騰**。卓長根也立時望向父親，希望父親接受馬醉木的好意。

可是他父親側着頭，神情一片**惘然**。

馬金花以為他不相信爹的話，便強調：「我爹向來說一是一，說二是二。」

卓長根卻冷冷地道：「**誰說不相信馬場主**。」

兩個小孩子在鬥嘴，卓長根的父親長嘆一聲，把手放在卓長根的頭上，「馬場主，我只有一件事求你，這孩子叫長根，我把他**交託給你了。**」

馬醉木一口答應：「行，那一百匹馬，能帶來多少利益，全歸這孩子的名下。」

卓長根的父親好像放下了**心頭大石**一樣，鬆一口氣說：「馬場主，向你討碗酒喝。」

馬醉木十分高興，馬上命人拿酒來，所有人一起痛快暢飲。

但卓長根的父親喝了三碗酒後，便放下**酒碗**，向馬醉木及各人拱手說：「拜託馬場主和各位了，長根這孩子，凡是養牧馬匹的事，他都會做。」

卓長根的父親講完，轉身向外就走，他的言行實在太**出人意表**了。

而卓長根只是筆直地站着，他心中的難過，人人可以看得出來。他雖然站着不動，可是雙手緊緊地握着拳，臉上的肉不斷地跳動。他甚至不回頭看他父親，怕看到父親的背影會忍不住**嚎哭**。

卓長根的父親走出了十來步，馬醉木忍不住叫道：「卓

老弟，等一等。」

卓長根的父親站定身子，卻不轉身，聲音聽來也很平

靜：「馬場主還有什麼見教？」

馬醉木的聲音有點 **生氣**：「卓老弟，你太不把我

們這裏幾個人當朋友了，你既然能把長根交給我們，怎麼你自己的事就不肯説？」

他依然不肯轉過身來，「我的事，已經全告訴長根了。」

「不，爹，你什麼也沒有對我説！」卓長根激憤地 \叫/ 出來。

眾人聽着父子倆的對話，更加 摸不着 頭腦 。

卓長根的父親説：「我能告訴你的，都已經告訴你了，等我走了之後，你轉告馬場主和幾位叔伯。」

馬醉木走向前去，「卓老弟，何必叫孩子轉述，就由你自己對我們説吧。」

卓長根的父親深深吸了一口氣，語氣堅定地説：「十年前，我做了一件事，十年之後，我必須為我所做的事，付出代價。我要到一處地方去 赴死 ，非去不可，不去不

行。」

「什麼事?」馬醉木問。

「馬場主,我不說,就不過一死而已;要是我說了,則萬死也不足以贖我不守信用之罪。」

行走江湖,立身處世,最要緊的是**守信用**,既然卓長根的父親這樣說,大家也不再追問下去了。

「卓老弟,既然這樣,**人各有志**,我們尊重你的意願。」

「謝謝你們。」卓長根深吸一口氣,便大踏步離開。

所有人的目光隨即移到卓長根身上,卓長根**憤然**道:「就是這些,我爹也只向我說了這些!他說他一定要死,一去之後,再也不會回來,要我在馬氏牧場,好好做人,他就只說了這些而已!」

馬醉木想了一想，決定派一些人 *跟**蹤* 保護卓長根的父親。

馬氏牧場在方圓千里有絕大的勢力，**眼線密佈**，卓長根的父親離開馬氏牧場，往南往北，向東向西，哪怕是走大道，還是抄荒野小徑，馬醉木都能立時收到 **信鴿報告**。

開始三天，報告十分正常，卓長根的父親離開之後，向西北方向走，單人匹馬，一直朝同一個方向走着，三天走了將近五百里。

然後，他卻從空氣中消失了一樣，再也沒有他的信息。

第三晚的報告說他在一個灌木叢旁紮了一個 小營 ，對着篝火發怔，一直到了午夜才進了那個小營帳休息。可是第二天，未見他出來，盯他的人假裝成 牧羊人 ，走近那個小營帳，發現他人已不在了。

營帳和馬都在，人卻不見了。就算他發現了有人跟蹤，棄馬離去，不論往哪一方向走，也逃不過馬氏牧場的眼線。但是，他卻一直沒有再出現過，就這樣憑空消失了。

卓長根很快融入了馬氏牧場的生活，十三四歲時，已經高大壯健得像個成人，和別的牧馬人同吃同住，性格豪爽，人人都喜歡他。他還展現出超卓的牧馬才能，與馬金花被視為**金童玉女**，大家都認為卓長根會成為馬醉木的女婿。

可是，卓長根和馬金花的關係卻糟糕之極，雖然他們也經常玩在一起，但高傲倔強的性格令二人容易**爭執鬥嘴**。

有一次，馬金花忽然問卓長根：「你爹究竟到什麼地方去了？他做過些什麼事，為什麼一定要死？你別裝神弄鬼，老老實實告訴我。」

卓長根只是簡單地回答：「**我不知道！**」

「你一定知道的！哪有自己要死了，連為什麼會死，都不告訴兒子？」

馬金花性格直率，卻刺中了卓長根心靈最痛之處。卓長根憤然轉過身去，聲音 嘶啞 地喊：「我不知道，真的不知道！」

但馬金花也很**執拗**，以為卓長根刻意隱瞞，「你一定知道，要是不告訴我，就別再和我説話，我也不會和你説話了！」

卓長根**一聲不響**，大步走了開去，馬金花想叫住他，但是一想到剛才的硬話，就硬生生地忍了下來。

從此之後，卓長根和馬金花真的一句話也沒有再講過，雖然時常碰面，但兩人總是互相望着對方，但誰也不肯先説話。

當他們漸漸長大，卓長根曾不止一次後悔，很想先開口打破**僵局**，但那一句「金花」卻比什麼都難開口，有許多次，卓長根午夜騎着馬出去，對着人迹罕至的曠野大叫「金花」，用盡他一切氣力叫着，叫到喉嚨沙啞。

可是，當他面對馬金花的時候，看到馬金花那種**高傲的眼光**，他的喉嚨卻像上了鎖一樣，一點聲音也發不

出來。

　　卓長根知道，就算他先對馬金花說話，也沒有用，只會被馬金花這樣性格的姑娘看不起，認為他向人屈服，不是有出息的好漢。

　　所以，卓長根只好暗中嘆息，在馬金花面前裝出一副倔強的神情來，儘管內心已絞成一團。

第四章

兩個 大?謎團?

　　九十三歲的卓長根，敘述起少年時的情史，神情既興奮又傷感，聲音充滿了激情，誰都可以看出他當年對馬金花的 **暗 戀 之 情**。

　　白素聽到這裏時，輕輕嘆了一聲：「卓老爺子，這是你自己不對，你總不能叫女孩子先向你開口。」

　　卓長根伸出大手，在滿是 **皺紋** 的臉上重重地抹了一下：「是她不講理在先，她要問的事情，我根本不知道。她不想講話，只好由得她。」

　　我對着這個 **耿直老人**，又好氣又好笑。白素搖了搖頭說：「對自己喜歡的女孩講一句話有何難？就算她不理睬你，反正已講了一句，再講幾句她喜歡聽的話，告訴她一些有趣的事，總之想辦法逗她笑，她一笑，就什麼都好解決了。」

　　卓長根呆了一呆，接着重重地拍打一下自己的光頭，罵自己：「**豬，真是豬！** 我怎麼沒想到？」

　　我和白素互望了一眼，都有點 **忍俊不禁**。

他是找我解開謎團，而不是當戀愛顧問的，我連忙言歸正傳：「老爺子，你心中的謎團，應該有兩個，一個是關於馬金花那次放馬的事件，而另一個就是令尊的 **神秘失蹤**，對嗎？」

卓長根怔了一怔，「我爹？他可不是失蹤，他說他要到一個地方去死，雖然我不知道是什麼地方。」

「這不就是一個大謎團嗎？當時的搜索，是否夠徹底？」我問。

「徹底之至。」

卓長根說，馬醉木當時不但組織了 **搜 索 隊**，還派了一大批人去調查卓長根父親的過去，他十年前到底發生過什麼事，如今非赴死不可？

調查工作在開始的時候尚算順利，卓長根的父親是 **養馬好手**，長期在蒙古草原上活動，內蒙草原上各

部落的王公和首腦都對他十分禮遇，他只說自己姓卓，卻從來沒提及過自己的名字。

那裏的蒙古人都對他十分尊敬，稱呼他「卓大叔」。卓大叔曾在好幾個部落中生活，在達里湖邊住的時間最久，長達三年，娶了克什克騰旗中最 **漂亮能幹** 的一位蒙古姑娘，結婚第二年誕下了卓長根。

可是三年後，他的妻子 **得病身亡** ☠，他堅決要離開那個傷心地。

從此，他就帶着小卓長根在草原上四處 **飄泊**，也帶着他精心培育出來的良種馬，毫不吝嗇地給各處的蒙古養馬人去配種。

所以，卓大叔的名頭在內蒙草原上極之 **響亮**，打聽起來，十分容易。

不過，奇怪的是，卓大叔那麼出名，從他帶着卓長根

和一百匹好馬到馬氏牧場來，一直往上推，可以追溯到他十年前，在克什克騰旗結婚生子；但是，他在克什克騰旗出現之前，從哪裏來？幹過什麼？是什麼出身的？卻完全**無迹可尋**，不論如何追查，一點線索也沒有。

十年之前，他突然出現；十年之後，又突然消失。在他出現之前，沒有人知道他從何而來；在他消失之後，也沒有人知道他去了哪裏！

馬醉木曾多次問卓長根：「難道你爹沒有對你說過他的過去？」

卓長根**搖頭**道：「沒有，爹很少說他自己，總是說媽媽是怎麼漂亮，怎麼能幹，但他自己以前的事，卻從沒提及過。」

馬醉木嘆了一口氣，也無法可施。

聽到這裏，我也大感疑惑，突然想起一個**線索**：「老

爺子，當時克什克騰旗那邊還有你的家人嗎？」

卓長根點點頭，「我是**半個蒙古人**，十五歲那年，曾離開馬氏牧場，回到克什克騰旗，去看望外婆和舅舅，同時也想知道我爹的來龍去脈。」

「有什麼發現？」我和白素都急切地問。

「當初第一個遇見我爹的，是一個陝西的 **$馬販子$**，後來我也找到了他，他詳細說了遇上我爹的經過。」

據卓長根說，那個馬販子名叫江忠，他本來在一個月前已選好了一群馬，沒想到一個月後再來交收時，馬群卻生起病來，部落中擅於醫治牲口的人，甚至說不出馬群患的是什麼病，對橫臥在地上，看來**奄奄一息**的大量馬匹，一籌莫展，束手無策。

大家在商議着如何應對，可是誰也想不出辦法，江忠嘆了一聲：「各位，這是老天爺和我們作對，看來馬群沒有希

望了，我付的訂金就罷了，大家都受點 損失 吧。」

蒙古民族做生意十分誠實，部落的首腦搖頭道：「不，沒有馬交給你，怎能收你的錢，我們會把訂金還給你。」

江忠嘆了一聲，本來這一批 好馬 ，他預算能帶來很大的好處，如今泡了湯，他心中也盤算着，是不是再到別的部落去看看，可以買些馬進關，總比白跑一趟好。

就在這時候，蒙古包外傳來了一陣 吵鬧 聲，江忠聽到有蒙古話的罵人聲，也聽到一個人以鄉音大聲叫着：「你們算是什麼 養馬 人？那麼多馬病了，你們只在病馬旁邊坐着，什麼都不做！」

被這個人罵的蒙古人，正因為馬群生病而氣苦，雙方之間言語不通，便吵了起來，而且很快就**大打出手**。

江忠和幾個部落首腦奔出蒙古包去，看到至少有六七個小伙子，正圍住了一個人在動手。

那人的個子十分高大，蒙古人擅長摔跤，可是六七個人對付一個，也佔不了上風。那人腿長手大，壯健無比，兩個蒙古小伙子一邊一個抱住了他的腿，想把他扳倒，他卻屹立不動，一伸手，抓住了那兩個小伙子的背，反倒把他們硬抓了起來，令那兩個小伙子哇哇大叫。

江忠奔過去勸架：「別動手，別動手。」

部落的首腦也喝退了那些小伙子，那人挺立着，看起

來，約莫三十上下年紀，身上的衣服寬大而質地粗糙，他站定了之後，氣呼呼向江忠望來。

　　江忠看出這個人的神情，有一股相當難以形容的尊嚴，他一生做買馬的生意，見過不少人，江湖手段十分圓滑，連忙向那人**拱手**問：「朋友你是——」

「我是養馬的，剛才我看到馬圈子裏的馬，全都病了——」那人説着向不遠處的馬圈子指了一指，「你們怎麼還不去醫治？那種病，**七天準死！**」

第五章

神秘的養馬奇才

江忠聽了那人的話，有點喜出望外，「我們不去醫治？我們正為這些病馬愁得要死呢，朋友，你能治的話，請你**大發慈悲**吧。」

「原來你們不會治！」那人嘆了一聲，「真是，怎麼不早說，快去採**石龍芮**！」

江忠知道「石龍芮」是一種草藥，在草原上到處可以採到，他連忙把那人的話翻譯過來，幾個專治馬匹的蒙古人聽

了之後，滿臉狐疑，其中一個説：「石龍芮只醫馬瘡，但這些病馬——」

那人顯然不懂蒙古語，只是神情焦急地催促道：「你們還等什麼？石龍芮的葉，大量，熬水，趁溫，灌給馬飲，一日三次，第二天就好，照我的話去做！」

他説話時，有一股自然而然的權威，江忠把他的話轉達了，部落的首腦立時大聲喝令，幾個小伙子便飛奔着去傳話。

當天晚上，部落裏人人忙着，將熬成了青綠色的藥液灌進病馬口中。第二天一早，病馬已經有了起色，可以站起來了。第二天傍晚，病馬已能長嘶踢蹄，可以餵草料了。

江忠對那人佩服感激得五體投地，可是那人十分寡言，只道：「我姓卓，是一個養馬人。」

江忠立時稱呼他「卓大叔」，以表尊敬，後來在蒙古草原上，人人都叫那人做「卓大叔」。

卓長根找到江忠的時候，江忠對那第一次的印象十分深刻：「你爹簡直是救了我們，你想想，蒙古人怎麼肯讓那麼好的養馬人離開？當時就替他專搭了一個**蒙古包**，要什麼有什麼，你爹就這樣在克什克騰旗住下來，後來還娶了旗裏頂尖的姑娘，這才有了你。你現在長得那麼高大了，真像你爹當年，什麼？你爹不在了？那怎麼會？」

卓長根並沒有說太多，只是問：「你和各地的馬場都有聯絡，難道沒有去打聽一下，我爹是從哪裏來的？」

「當然有，那次我趕了馬群進關，對很多人說起，有那麼一個**養馬奇才**，但奇怪的是，說起來，竟沒有一個人聽說過有你爹這一號人物。」

卓長根 **苦笑**了一下，他父親的來歷，馬醉木花了那麼多人力物力查不出，江忠當時也留意過，亦同樣沒有人知道。

卓長根在外婆家裏暫住下來，他對自己母親一點印象也沒有，由於他自小在草原上到處 *流浪*，十分精通蒙古各族的語言，所以當外婆一把眼淚一把鼻涕，敘述他母親是如何美麗能幹時，卓長根完全聽得懂。

　　老外婆那年已經快七十了，卓長根陪了她幾天，從她口中得知很多父母親的事，老外婆唏噓道：「你娘死了，你爹傷心得很，親自把她葬了。你爹有一塊 ⬤白⬤玉 ，一直不離身的佩戴着，他要帶你離開，就把那塊白玉解下來給了我，說是他令我失去了一個女兒，他心中也很難過。唉，那是**天命**，還能怪誰？這塊白玉，我倒一直留着，你來了，就給你吧。」她取出了一塊長方形的白玉來，交給了卓長根。

　　那是一塊質地極佳的白玉，溫潤通透，一點雜質也沒有，大約長十二公分，八公分寬，厚達一公分，上面刻着十分古樸的**虎紋**。

講到這裏，卓長根便將那塊白玉從身上取了出來，給我和白素看看。

那真是一塊上佳的美玉，白素輕輕撫摸着它說：「這種形狀的古玉，有一個專門名稱叫『勒』，一般來說，形體不會那麼大，我看這是戰國時期的東西，不知道老爺子有沒有拿去給識玉的人看過？」

卓長根對她刮目相看，「原來你也是個識玉之人。」

白素微笑道：「這種方勒，古人用來作佩飾，這件玉器最早的主人，地位一定十分高，不然，怎能佩這樣的美玉？」

卓長根連連點頭，「你說得對，

我問過不少人，也曾到著名的 **古玩店** 去問過，北京一家大古玩店，一見就問我是不是肯出讓，請我開價。我說不賣，他們就問我此玉的來歷。我說是父親的 **遺物**，他們不信，說這樣的玉器，是古玉之中最珍貴的，不會落在普通人手裏。這些年來，我請教過不少這方面的專家，他們都認定這是一塊古玉，是 **秦代** 的古物。」

白素側着頭說：「奇怪，一般來說，質地愈是純潔的白玉，在入土之後，就愈容易出現各種顏色的 **斑漬**，而這塊白玉看起來似乎未曾入過土。」

關於卓長根父親的事已經說得七七八八了，這時我便提出：「老爺子，該回頭說說那次放馬出亂子的事了，馬金花

出了什麼意外嗎？」

卓長根深深地吸了一口氣，敘述當時的情況。

他們二十騎雖然一起出發，但卓長根很快就拋離了其餘的人。

他憂心如焚，一口氣奔馳了將近二十里，仍未見馬群的蹤跡，直至踏上一處小土崗上時，他才大大鬆了一口氣。

因為他看到那群馬兒就在前面的一片草地上，看來十分正常，有的在小步追逐，有的在低頭啃草。馬群果然是停下來了，難怪聽不到馬蹄聲。

卓長根趁其餘的人還沒有追上來，立刻單人匹馬衝了下去，大聲叫着：「金花！金花！」他要先叫起來，因為他實在不敢肯定，在見到馬金花之後，是否還有勇氣叫得出口。

他衝進了馬群，一眼就看到了馬金花那匹小白龍，正在低頭啃着草，卓長根直衝到了小白龍的身邊，大叫着：「金花！」

但他得不到回答，這使他有一種**不祥的感覺**，是馬金花故意躲起來看他笑話？還是出了什麼意外？此刻他情願是前者。

其餘牧馬人正向這裏馳來，蹄聲已經可以聽到，卓長根只好硬着頭皮大聲道：「好，算我輸了，是我先向你說話。你躲在哪裏？出來吧！」

可是他依然**得不到**回答。

那十九個牧馬人相繼趕到，一看到馬群在草地上的情形，都大大鬆了一口氣，但很快就發現不對勁的地方，紛紛問：「咦，金花姑娘呢？」

大家一起向卓長根望了過來，卓長根沮喪地說：「我不

知道她在哪裏。」

　　眾人呆了一呆，四下看去，周圍的草地上看不到有人。大家立刻兩人一組，分頭往各個方向搜索。接着又有二三十個牧馬人趕到，加入搜索的人愈來愈多，一直到太陽快下山，馬金花還是杳無蹤影！

　　那簡直是不可能的事，和卓大叔的情形一模一樣，她的馬在，但人卻消失得無影無蹤！

第六章

馬金花
離奇失蹤

卓長根焦急得瘋了，他派人到牧場去報告場主，其餘的人和他繼續搜索，可是搜索了一整夜，依然不見馬金花的蹤迹。

卓長根又回到那片草地，燃起了好幾堆篝火，時間早已過了午夜，快天明了，馬醉木和幾個得力助手已經趕到，馬醉木的聲音低沉得駭人：「金花她能到什麼地方去？」

卓長根感到喉間像有什麼東西塞住了一樣，他要是能回答這個問題就好了，但他只能把事情的經過講了一遍。

馬醉木**震動**了一下，激動地說：「金花不會出事的！她一定是跑開了，到什麼地方去！」

搜索再開始，由馬醉木親自率領，一直搜索到中午時分才回來。那時消息已經飛快地傳了開去，附近凡是和馬氏牧場有關的人，都趕到了這片草地來。馬氏牧場的**信鴿**全放了出去，通知所有和牧場有聯繫的地點，留意馬金花的下落。

馬醉木在中午回來時，雙眼佈滿了**紅絲**，看來十分駭人。

馬醉木打開一壺酒，站着大口大口地喝，酒順着他的口角直流下來，喝夠了才開口：「金花會落在哪一幫**土匪**手裏？」

這個問題，卓長根也想到過，但自從去年**中條山一役**，哪裏還有土匪敢在馬氏牧場的勢力範圍內生事？所以他沉聲説：「只怕沒有什麼土匪敢，就算敢，也不可能這樣輕鬆把金花抓去。」

大家都同意卓長根的話，想要馬金花就範被擒，非得有一番驚天動地的**惡鬥**，可是小白龍和馬群都好好地在，草地上連一點爭鬥的痕迹也沒有。

馬醉木**苦笑**，這一天一夜下來，好像老了不知道多少，一遍又一遍地問着同樣的話：「那麼，金花到哪裏去了？」

馬金花究竟到什麼地方去了，各種各樣的可能都被提了出來，但沒有一樣可以成立，到最後，各方面的消息都傳回來：沒有馬金花的蹤迹。

大家心裏都有一個猜想，但誰也不敢講出來，就是馬金花會不會在馬群疾奔時，被撞跌了下來，**慘死在馬蹄**

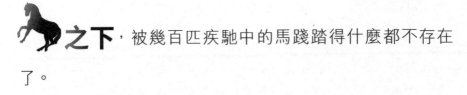之下，被幾百匹疾馳中的馬踐踏得什麼都不存在了。

馬醉木知道大家在想什麼，厲聲道：「誰也不准亂想，金花不會死！」

這個鐵打一樣，受盡人尊敬的**好漢**，喊完這句話後，便身子一晃，昏倒下來了。

當他醒來時，第一句話就是：「拿酒來！」

自此，馬醉木不敢面對現實，終日**爛醉如泥**，馬氏牧場中的事，大多落到了卓長根的身上。卓長根從早到晚，幾乎沒有一刻空閒，但是只要他一有空，就會騎着小白龍，奔馳到那個土崗子下的草地，停下來，對小白龍講上半天話，希望小白龍能指點他，告訴他馬金花究竟到什麼地方去了。

當然，他得不到任何回答。馬氏牧場用盡了方法，不知

許下了多大的 $賞$金，聯絡了多少人，最終還是一點消息
也沒有。

　　那已是四分之三世紀以前發生的事了，但現在卓長根
敘述起來，仍然掩不住心中的傷痛，用他那雙**蒲扇** 似
的大手，掩住了臉。

　　就在這時，白老大提着一大串葡萄走了進來，看到卓長根的情形，就「哼」了一聲說：「老傢伙又在想初戀情人了？」

　　卓長根沒有什麼反應，白素卻努力瞪了父親一眼，而我則安慰卓長根：「老爺子，都這麼多年了，死者已矣。」

　　沒想到卓長根反應很大，罵道：「**胡說！**金花沒有

死，她只是**失蹤**了五年！」

　　我有點驚訝，連忙問：「你的意思是，她又回來了？那

麼她失蹤的五年在哪裏？」

還沒等卓長根回答，白老大已經調侃地説：「小衛，別聽他把他的小情人形容得天上有、地下無，那個馬金花，今年已經**九十一歲**了。」

我分辯道：「這跟年齡有什麼關係，我只是好奇馬金花為何會失蹤五年。」

「人都回來了，有什麼值得好奇的，你倒是該去好奇一下那個卓大叔。」白老大説。

白老大的話也不無道理，那個卓大叔雖然自稱要去赴死，可是他到底去哪裏赴死？怎麼個死法？為什麼會突然消失，而且不留下任何痕迹？確實更令人**疑惑**。

白老大指了指卓長根説：「他的父親來無影，去無蹤，又有那麼大的本領，小素，你看他像是什麼人？」

白老大問白素的時候，卻斜着眼向我望來。白素立即答道：「倒有點像某位作家筆下的**外星人**。」

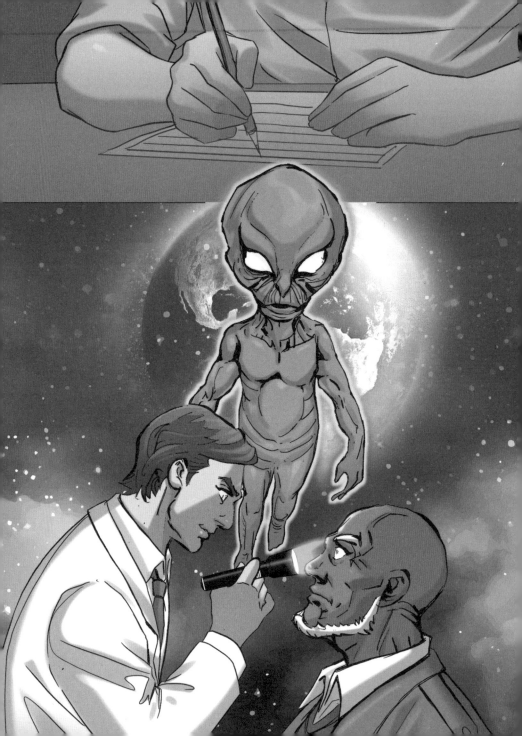

白老大隨即爆出一陣大笑聲：「什麼有點像，簡直就是！」

卓長根忍不住挺直了身子，叱道：「小白，你放完屁沒有？為了你這個**狂想**，我還真的作了最徹底的檢查，結果是，我的生理構造完全正常！」

「這樣還叫正常嗎？九十三歲了，還那麼壯健，單是這一點，已經和**地球人**很不同！」

白老大這句話更像是讚美，所以卓長根也溫和地說：「百歲以上的人多的是，有什麼稀奇。」

此時，白老大又話鋒一轉：「哦！對了，他那塊白玉，你們見過了沒有？」

我和白素一起點頭，白老大說：「那塊白玉，我曾經花過一番工夫研究，估計是春秋戰國，秦始皇時代的物品。而且那白玉未曾入過土，一直在**活人**的手中流傳，這一點

也相當 罕見，一般來说，這樣的美玉都會陪葬。還有，上面刻的是虎形紋，若是君主自己佩戴，不會刻虎形紋，大都刻龍形紋或夔形紋。」

我攤了攤手：「我看不出致力研究這塊白玉，有什麼大作用。」

「總比去研究一對九十多歲的 痴男怨女 有趣。」白老大説完指了指桌上的葡

萄，示意我們嘗一下，趁卓長根還未向他發火，匆匆做了一個 鬼臉 轉身走了開去。

卓長根望着白老大的**背影**，恨不得追上去教訓他一頓，可是他的故事還沒講完。

白素問他：「你們後來是怎樣找到馬金花的？」

卓長根**嘆了一口氣**，「時間一年一年過去，誰有馬金花的消息，就可以得到

巨額獎金，其間也有不少人混水摸魚，亂報消息，我一律派人去查，可是**全無結果**。一直到五年之後——」

第七章

五年 行蹤 ? 成謎 ?

雖然已過了五年，但牧場上下沒有人忘記馬金花失蹤的事，到了那一天，牧場的一切活動全都停頓，人人都在 沉默 之中懷念她。

每年這個日子，卓長根照慣例騎着小白龍離開牧場，順着當年放馬的路線 *奔馳*。

事發那天的經過，對卓長根來説，就像是昨天才發生，一切情景 *歷歷在目* 。每次他在這條路上，都要問

上千百遍：「究竟發生了什麼事？」

如今，事情過去了五年，小白龍也大了，已經算是一匹**老馬**，可是奔馳起來，還是一樣神駿硬朗。

卓長根來到了那片草地上，下了馬，任由小白龍自由自在去吃草，他躺在柔軟的草地上，望着藍天白雲。

他的思緒十分紊亂，那時他已經是青年人了，壯健能幹，整個馬氏牧場差不多等於由他主持。方圓千里的未嫁姑娘，看到了他都**臉紅心跳**，沒有一個不願意嫁給這個年輕人。

可是卓長根對所有女孩子都無動於中，他心中只有一個人，一個已經消失了的人——馬金花。

這時，他閉上了眼睛，又想起馬金花來，突然聽到了一下**口哨聲**。

那口哨聲十分悅耳動聽，卓長根一聽了，心頭就怦地一

跳，還來不及睜開眼，又聽到小白龍發出一下 **歡嘶** **聲**。

卓長根立刻跳起來，睜開眼，看到小白龍飛快地奔向前，同時有

一個高䠷的女子，長髮飛揚，一身白衣，迎向小白龍，純熟地上了馬背，小白龍歡嘶得更嘹亮，像 **旋風** 一樣飛奔着。

卓長根看得再清楚也沒有，馬上那姑娘，不是馬金花是誰？

五年不見，她更高䠷、更成熟了。卓長根不知道自己發呆了多久，只見小白龍和馬金花已縮小成一個 **小** **白** **點** 了，他才拔足向前奔去。

他明知沒可能追上小白龍的速度，但依然奮力狂奔，大

叫着：「金花！金花！」

當他奔跑得胸口也幾乎要炸開來之際，那個小白

點又出現在眼前，小白龍跑回來了！

小白龍 **去得快，來得也快**，一下子到了他身

前，馬金花勒住了馬，在馬上斜斜向他看來，顯得多麼明

麗、嬌美。卓長根張大了口，合不攏來。兩人互望了一會，

卓長根才用盡全身氣力吐出一句：「金花！」

「長根，是你！」馬金花下了馬，站在他面前。

卓長根望着她，千言萬語，不知從何說起才好，而馬金

花也一樣，隔了好一會才說：「小白龍……這些日子來，倒

還硬朗。」

卓長根苦澀地笑了一下，「只是難為了馬場主，這五年

來，幾乎浸在酒🍷裏。」

馬金花輕輕嘆了一口氣，「五年了，真的，**五年了！**」

卓長根踏前一步，迫切又帶着責備地說：「金花，你——」

他只講了三個字，馬金花已作了一個**手勢**，阻止他再說下去，「別問我，什麼也別問我，問了，我也不會說。」

「你不說怎麼行？這五年來，你究竟去了哪裏？」

「長根，你是不是又想我們之間 **不再說話** ？」

卓長根嚇了一跳，忙道：「不，不，當然不……」

「那麼，你就聽我的話，別再問我任何問題。」馬金花

的聲音十分溫柔，卓長根從來也未曾聽過她用這樣的語調說話。

一時之間，卓長根不知說什麼才好，過了好一會才說：「好吧，**我不問**。但其他人一樣會問，尤其是馬場主。」

馬金花皺了皺眉，「我也會叫他別問，問來有什麼用？我已經回來了，這才是最重要！你們究竟想要我回來，還是想弄明白這五年我去了何處？」

卓長根 嚥 了一下口水，就像把疑問硬吞進肚裏去。

馬金花深吸一口氣，「我們回去吧。只有小白龍？沒有別的馬了？」

卓長根搖着頭，馬金花翻身上了馬，然後向卓長根伸出手來，邀他一起上馬，兩人 *同騎一馬* 回牧場去。

他們在途中遇上一群在放牧中的馬，卓長根便從小白龍

的背上，換到了另一匹馬的背上。兩人一路上遇到不少馬群和牧馬人，他們一看到馬金花回來，都立即放下一切，發出近乎哽咽的**歡呼聲**，一起跟在後面。

所以當他們馳進馬氏牧場的大柵門時，並不只有馬金花和卓長根兩人，而是已經匯成了一支上百人馬的隊伍。

整個馬氏牧場簡直就像是開了鍋的**沸水**，呼叫聲此起彼落。馬金花和卓長根來到房舍，驚天動地的呼叫聲早已驚動了馬醉木，兩個老手下扶着他走了出來。

「金花回來了？」本來是鐵塔一樣的壯漢，這時已像**風中殘燭**。

馬金花躍下馬，一下子撲到了父親身上，「爹，是我，金花！」

滿身酒氣的馬醉木，身子劇烈顫動，呆住了許久，才像火山迸發一樣地叫：「金花！」

　　馬金花扶着老父進屋，並向眾人說：「各位，我和爹有些話要說，爹的身體看來很弱，希望大家別來打擾我們。」

　　馬金花這樣一說，大家只好在外面等待。幾個老資格的人認為要大肆慶祝一番，於是，整個馬氏牧場，以及附近和馬氏牧場有聯繫的人，全都聞信趕來。

　　馬氏牧場的大曠地上，燃起了上百堆火舌竄得比人還高的篝火，一個下午被宰了的牛羊超過兩百頭，放在篝火上烤着，散發出令人垂涎三尺的香味，再加上一壇壇好酒的酒香，把上千個人身上的汗味全壓了下去。每一個可以趕來的人都趕來了，消息傳得飛快：**馬金花回來了。**

　　一直到天黑，馬金花和馬醉木才又一起走了出來。馬醉木一出現，精神奕奕，所有人都打從心底歡喜。馬醉木向前走，馬金花跟在後面，一直來到了人叢中心，馬醉木高舉手，用洪亮的聲音宣佈：「金花回來了，可是她立

刻就要走。」

上千人登時鴉雀無聲，馬醉木繼續説：「金花要去念書，到北京去 上學堂 。」

一時之間，所有人都呆住了，這些在草原上長大的粗人，和「上學堂」這件事的距離實在太遠了，根本無法聯結起來。

卓長根也弄不清「到北京去上學堂」是什麼意思，只見馬醉木又大聲説：「今天是我們 父女重逢 的日子，人人都該替我們高興，誰吃少了、喝少了，就是狗熊！」

馬醉木這番話一出，全場又歡聲雷動起來。儘管人人心中都有着疑問，但難得金花姑娘「失而復得」，大伙兒盡情 慶祝 了再説。於是人人抽出小刀來，割着燒熟了的肉，斟滿一碗又一碗的酒，完全陷入了狂熱的歡欣之中。

只有卓長根躲在 角落 裏，滿懷心事。馬醉木走過來，

嘆了一聲，「長根，你一定以為我和金花講了那麼久，她已將過去五年所發生的事告訴我了？」

卓長根沒有回答，避開了馬醉木的 **目光**，馬醉木又嘆了一聲，「**沒有**，她什麼都沒有對我說，只叫我不要問，還說她要上學堂去。」

卓長根終於開口：「場主，你……肯不問？」

馬醉木 **苦笑** 了一下，「當然不肯，這謎團要是不解開，我死也不甘心。可是，她既然這樣說了，你說我是問還是不問？」

卓長根也苦笑了一下，「當然不能再問了。」

馬醉木吁了一口氣，把手搭在卓長根的肩上，「這就是了。而且，她回來了，也長大了，看起來很好，這是我五年來的 **夢想**，我還求什麼？她不肯說，一定有她的原因。」

　　卓長根沒說什麼，馬醉木拍了拍他的肩膊，「去，高高興興地去喝酒，別讓金花以為我們不開心。」

　　卓長根緩緩點了點頭，便走進人群去。

　　當天晚上，他*醉*得*不省*人事，第二天醒來，頭痛欲裂，有人告訴他，馬金花已經走了。

第八章

跨越世紀的愛

卓長根從別人口中得知，馬金花在臨離開之前來看過他，並留下 **一句話**，要他好好照料小白龍。

馬醉木與幾個老兄弟親自送馬金花上京，兩個月之後才回來。

馬醉木回來之後，才使卓長根知道除了他長大的草原之外，外面還有另外一個 **截然不同** 的世界，那裏的人可能根本不懂怎樣養馬，但懂得很多很多其他的事，如今馬金

花就在那個世界生活，學她**以前不懂的事**。

　　卓長根開始疑惑、猶豫，每當馬金花有信回來，馬醉木得意地告訴他有關馬金花的消息時，卓長根心裏開始有了打算。他決定也要 **上學堂**，去學一些養馬之外的東西。

他一下了決心，行動簡直 **瘋狂**，有識字的馬販子一到，就被他纏住不放，一個字一個字地學着，很快把他帶進了另一個 **新天地**。

四年之後，他終於也離開了馬氏牧場，上學堂去。

卓長根說到這裏的時候，白素突然好像想起了什麼，「啊」地一聲說：「我記得小時候爹對我說過，他念大學時，學校裏有一個 **怪人**，年紀比所有學生都大，但念起書來，比所有學生都拚命，不到兩年，就弄到了一個 **博士** 銜頭，這位怪人，多半就是老爺子你了？」

卓長根爽朗地笑了起來，「博士不算什麼，我活得比人長命，博士銜頭也就容易多些。」

我心中 **驚訝** 不已，算他二十五歲那年開始識字，今年九十三歲，有將近七十年的時間，只要肯奮發向上，多拿幾個博士銜頭，也不足為奇；但令我驚訝的主要原因，是他

那粗豪的外形，爽直的談吐，看起來絕不像一般所見的博士！

他又有點不好意思地笑了起來：「金花比我好，也不知道她是怎麼打的主意，只攻一門，很有成績。她學的是**歷史**，對先秦諸子的學術，以及✦**春秋戰國**✦的歷史，乃至秦史，都有十分深入的研究，她──」

卓長根才講到這裏，我已經不由自主站了起來，「等一等，你説的是誰？」

「金花。」

我嚥了一口口水，「有一位先秦文化的權威，**國際公認**的學者，曾在歐洲各個著名大學裏教漢學，現在世上著名的漢學權威，幾乎全是她的學生，或者是她的徒孫，這位教授的名字好像是叫馬源，一個很 ♂**男性化** 的名字，但她是一位女性，而且也是九十歲左右的高齡──」

卓長根嫌我大驚小怪，淡然地説：「那就是金花，後來她嫌自己的名字太俗，改了一個單名，叫**馬源**。」

我和白素互望着，都感到難以置信，卓長根一直在敘述的馬金花，竟然就是國際知名的學者馬源教授！

我還突然想起在機場上看到的一則消息，國際漢學家大會將在**法國里昂**▮▮舉行，公認的漢學權威馬源教授亦應邀在會上講話。而我們正在法國南部，離里昂並不太遠，卓長根到這裏來，難道就是為了她？

白老大這時又走了進來，白素説：「爹，原來老爺子講的馬金花，就是馬源教授。」

白老大「**呵呵**」笑着，「還會是誰？愛情真偉大，不是馬教授要到法國南部來，你以為憑我釀的酒，能把卓老頭子從他的 **南美洲王國** 中拉過來嗎？」

白老大這樣一説，我又驚呆住了，也不顧禮貌規矩，指着卓長根説：「你⋯⋯就是那個在 **南美洲**⋯⋯充滿了傳奇，建立了聯合企業王國的那位中國人？」

卓長根攤開了大手，「做點 **小買賣** 而已。」

我深深地吸了一口氣，好一個「小買賣」，至少包括了數以萬畝計的牧場、農場，數以百計的各類型工廠，兩家大銀行的一半股份，和不知多少其他行業，牽涉到的資產以 **千億** **美金** 計。

我絕不是沒有見過 **大富翁**，富翁的財產再多，也很難使我驚訝，可是眼前的卓長根，雖然年紀大了，但神態外型看起來仍然是一個十分典型 **粗獷豪邁** 的北方牧馬人，誰會想得到，他就是那個連南美洲好幾個國家元首都要看他臉色的大人物。

這時白素提出了 **疑問**：「卓老爺子，你離開了馬氏牧

場之後，難道就沒見過馬教授？」

卓長根喝了一口酒，嘆氣道：「再見到的時候，大家已是中年人，那時我也念了點書，金花已經在學問上有了很大的成就，見面時大家都很歡喜，可是一提到當年的那件事，她說的還是那句話：『**別問我**。』」

既然不能提當年失蹤的事，大家只好聊着其他話題，問候近況，聊着聊着，卓長根忽然說：「金花，你年紀不小，該**嫁人**了吧？」

馬金花一聽，先是怔了一怔，接着便**哈哈大笑**起來，「長根，你連我們究竟多大都不記得了？我已經快**五十歲**了，嫁人？」

卓長根鼓足了勇氣說：「我倒不覺得我們老，你要是肯嫁給我，我

高興得做夢也會笑。」

馬金花低下了頭，約莫半
分鐘才說：「不，我不能嫁給
你，長根，**我已經嫁過
一次**，不想再嫁了。」

卓長根萬萬想不到馬金花

會有這樣的回答，而且也絕不相信她的話，因為不論卓長根
身在馬氏牧場也好，離開了馬氏牧場也好，都**無時無刻**
留意着馬金花的一切。

他知道，馬金花初到北京，後來轉到上海去上學時，不
知迷倒了多少人，但她卻從來沒對什麼人好過。後來她出國
留學，卓長根得到的消息是，洋人看到了馬金花，更是**神魂
顛倒**，有好幾個貴族，甚至**王子**，都曾追求過她，但一
樣沒有結果。

若馬金花真的嫁過一次，唯一可能就是在她神秘失蹤那五年發生的事。

卓長根**衝動**地問：「你嫁過人？什麼時候？是在那五年？」

馬金花沉着臉，「長根，不必再問了，不管你怎麼問，我決不回答！」

卓長根很激動，「**一定是！**一定是那五年之間的

事，你說，是不是？」

　　馬金花冷笑一聲，沒有回答，卓長根衝動得想抓住馬金花的手臂，卻反被馬金花一手扣住了*脈門*，冷冷地說：「長根，我們現在和以前不同，你若這樣，我再也不要見你。」

　　卓長根**怒意未消**，「不見就不見，我才不要見你！」

　　馬金花一鬆手，兩人一起轉過身去。

他們**不歡而散**，又過了四十多年，卓長根一直沒有再見馬金花。

看到卓長根又是一臉後悔的樣子，白素還是那句話：「老爺子，你怎麼又犯了**同一個錯誤**，你總不能等女孩子主動見你啊。」

在旁的白老大忍不住大笑，「哈哈，什麼女孩，兩個都是九十歲以上的**老化石**了。他來到我這裏之後，又猶豫着該不該去見對方，説不知道馬金花是否真的嫁過人，唉，真是**婆媽**得像個少男一樣。我受不了！」

「所以卓老爺子想要解開的謎團是，馬金花神秘失蹤的那五年到底幹了什麼，是否嫁過人？」我問。

卓長根點了點頭。

我立刻鼓勵他：「現在都是什麼世代了，兩個九十幾歲的人，**情投意合**就一起生活，那用管她七十幾年前是否

嫁過一個從沒出現過的人。」

卓長根一聽到我這樣說，立時 **雙眼發亮** 👁，「小子，你是說我，還可以再去試一次？要是她又不答應，那怎麼辦？」

我打趣道：「要是又失敗了，可以再等四十年，第三次——」

我這句話只是開玩笑，卻沒想到卓長根反應極大，突然**怒吼一聲**，一拳向我當胸打來，並罵道：「不准拿這事開玩笑！」

第九章

驚人的體魄

我嚇了一大跳，連忙向後一閃，可是卓長根**拳出如風**，我避得雖快，但「砰」的一聲，還是被他一拳打在我的左肩上。

雖然我在閃避時，已把他那拳的力道卸去了七八分，可是中拳之後，我的**左臂**還是抬不起來。

我駭然之極，又連退了幾下，白老大立刻攔在我和卓長根之間，轉過頭來對我說：「這個玩笑他開不起，你

別學我隨便開玩笑，我跟他認識了幾十年，**分寸**才拿捏得

準。」

　　我連聲道歉：「對不起，我只是喜歡開玩笑，不是故意

的。」

　　卓長根還是  氣

呼 呼 地望着我，

白老大打圓場說：「老

卓，你幾次求我替你去

做媒，老實說，我們老

聲老氣，只怕結果還是一樣，倒不如讓兩個 腦筋 靈

活 的年輕小伙子去試試，說不定能成功呢！」

　　我來這裏以為只是見見白老

大而已，沒想到是替卓長根解開

謎團，這也罷了，怎麼現在又變

成幫兩個老人 **說媒** ，臉上禁不住露出為難的 **苦笑** 。

白素瞪了我一眼，然後對卓長根熱心地說：「老爺子，如果馬教授肯見我們，我們一定盡力。」

卓長根一聽白老大父女這樣說，登時怒意全消，簡直 **眉開眼笑** ，不斷搓着手，「那太謝謝了，要是成功，你們要什麼謝媒，都沒問題。」

「要是馬教授也和老爺子一樣，脾氣還是那麼 **火爆** ，只怕我們的胳膊——」我本來是想開個玩笑的，但想起剛才的教訓，立即停住不敢說下去。

卓長根望向我，「怎麼，捱了一拳，生氣了？」

他說着，伸手在自己胸口「 **砰砰砰** 」連打了三拳，連眉都不皺一下，「算是還你了。」

我給他的舉動弄得 **不知所措** ，他見我沒有反應，還想再打幾下，我連忙阻止他，「好，我們之間，再也沒有什

麼了。」

　　他十分高興，咧着嘴笑。

　　我對做媒的興趣不大，此刻心思又回到那些謎團上去，我說：「老爺子，既然你已將事情告訴了我們，我們一定盡力幫你解開所有謎團。如今有兩個謎團，一個是令尊自何而來，又到何處去了？第二個謎團是，馬金花失蹤的五

年裏，究竟在什麼地方，是不是嫁過人？」

卓長根點着頭，「嗯，小白説，你神通廣大，再怪的怪事都見過，所以叫你來琢磨琢磨，看看能不能解開。」

白素指出：「老爺子，令尊的事，比較難弄清楚。但馬教授還健在，只要她肯説，第二個謎團就自然解開了。」

卓長根悶哼一聲，「只要她肯説？叫一匹馬開口説人話，只怕更容易。」

白素認真想了一想，「我盡量去試試。馬教授會在里昂，我先去見她。」

我立刻趁機説：「對對對，應付老太太不是我的專長。」

白素笑道：「那麼你留在這裏，和老爺子琢磨一下他父親的事情。」

我用**感激**的眼神望着白素，「嗯，都聽你的。你準備什麼時候走？」

「我收拾準備一下，明天一早就出發。」

「祝你成功。」我把説媒的任務完全推給白素了。

晚上，我們吃了一頓**豐富的晚餐**，聊了一會，便各自休息去。

我躺下來，問白素：「你有什麼**錦囊妙計**去説媒？」

「沒有，不過是見機行事而已。」白素現出一副悠然神往的神情，「一段持續了將近 **一個世紀** 的愛情，真是動人得很。」

我打了一個**呵欠**，「那是因為他們一直沒有在一起，若是早早成了夫妻，只怕架也不知打了多少回。」

白素笑道：「看來我太輕易嫁給你了，該學學馬教授那

樣，先拒絕一下。」

「你不怕嗎？拒絕一次，得等四十年。」

「你還敢開這個玩笑？小心卓老爺子又來**教訓**你！」

我們笑了一笑，便不再說什麼，漸漸睡去。

白素第二天一早就出發了。而我因為腦袋太累，不知睡了多久，卓長根忍不住走進我的房間大喊：「**還睡？**來，我們騎馬去！」

看他站在我牀前，那種精神奕奕的樣子，我也不好意思再睡下去。我一挺身，從牀上跳了起來，卓長根卻一副**躍躍欲試**的樣子，忽然又改變主意：「不騎馬了，好久沒遇到對手，我們來玩幾路**拳腳**。」

我似笑非笑，還沒有答應，怎知這老傢伙說來就來，已經一拳擊出。

我連忙向後一翻，翻過了牀，避開了他的那一拳，他

躍而起，人在半空，腳已踢出。

他一上來就佔了上風，我只好連連退避，三招一過，我已被他逼得從窗口逃了出去。

他呵呵大笑，立時也從窗中**竄**了出來。

我也不客氣了，大聲呼喝，向他展開了一輪急攻。卓長根興致大發，使出渾身解數，跳躍如飛。

有兩個身形高大的法國人，不知道我們是在「**過招**」，上來想把我們兩人分開。白老大聞聲而至，連忙向那兩個

法國人和其他路人解釋：「沒事，沒事，他們只是在鬧着玩。」

　　白老大在旁看了一會，興致勃發，也加入了 **戰 團**。

　　這真是熱鬧非凡，三人混戰，有時各自為政，有時兩個合起來對付一個，圍觀的人愈來愈多，也愈來愈遠，誰也不敢接近。足足練了將近 **一小時**，三個人才不約而同，各自大喝一聲，一齊躍退開去。

　　白老大朗聲道：「老不死，你身體好硬朗。」

　　卓長根咯咯笑着，「**老骨頭** 還結實，嗯？」

　　白老大是後來加入，停手之後，也不由自主在喘氣，我也在喘氣；可是卓長根卻臉不紅，氣不喘，像他這樣的年

齡，身體狀況還如此好，簡直**違反生理自然**！

「**外星人**的種，果然比正常人厲害。」白老大又開玩笑了。

我怕分寸拿捏不準，不敢亂説，只是盯着卓長根看，對這驚人的體魄不禁也起了懷疑。

卓長根罵了一句：「翁婿兩人，**狼狽為奸**！」

我立即呼冤：「我又沒說什麼。」

卓長根一擺手，大踏步走了開去，「你看人的眼光，不懷好意。」

我哭笑不得，在他身後大聲叫：「冤枉啊！這真是**欲加之罪**。」

卓長根不理我，逕自走了開去。這時候白老大的 電話突然響起，他接聽道：「喂——白素？」

卓長根一聽是白素來電，連忙跑回來，緊張地在旁邊問：「怎麼樣？是不是有？」

只見白老大臉色一變，非但沒有好消息，更是一個大大的**壞消息**，原來馬教授突然**中風**，白素叫我們盡快趕去里昂第一療養院！

第十章

兩老重逢

卓長根得知馬金花中風的消息，**急得發毛**，「金花她情況嚴重嗎？這裏趕去最快要多久？」

「老卓，你冷靜一點，我開車送你去。跟我來！」白老大領我們奔向他的車庫，挑了一輛性能最好的車子。

卓長根一上車就催促着：「快！快！」

「放心，我熟路，保證最快到達！」白老大用力踏下**油門**，車子便應聲飛馳出去。

白老大的車開得極快，三小時左右就進入**里昂市**了。

我們都十分擔心馬金花的病情，一個九十一歲的老人，

本來就是**風燭殘年**，像卓長根那樣健壯是極其罕見的例外，在這個年紀中風，性命能否保住也成問題，所以我們要跟**時間競賽**，怕慢了半分鐘也可能趕不及見馬金花最後一面。

因此，白老大不但超速，進了里昂市區後，更視交通燈和路標如無物，一心只想用最快的速度，走**最短的距離**，趕去目的地。

當我們到達里昂第一療養院時，車子後方早已傳來陣陣的**警笛聲**，白老大催促道：「你們趕快進去，這裏留給我來處理！」

我和卓長根下了車，連忙**奔向大門**，這個療養院以前一定是什麼王公貴族的巨宅，花園相當大，林木蒼翠欲滴，還有石雕像、噴泉和幾個極大的**花圃**。

一名職員很快迎上來，「是衛先生嗎？衛太太正在等

你。」

　　那個職員帶我們進入建築物，上了樓梯，經過走廊，一轉身，我就看到白素站在一個房間的門口，招手叫我們過去。

　　卓長根一路上心急如焚，可是到了這時候又躊躇

起來。我在他耳邊低聲説：「快去，遲了，可能再也見不着了。」

卓長根深深吸了一口氣，向前走去，白素輕輕推開房門，讓我們進去。

那是一個十分大的房間，燈光柔和，一張大牀上，半躺着一個**老婦人**，看來像是睡着了，雙手安詳地放在胸口。

卓長根來到了牀前，望着牀上的馬金花，不禁**淚光閃動**，嘴角抽搐，掙扎了好一會，才掙扎出兩個字來：「金花。」

牀上的老婦人震動了一下，**睜**開眼來。

我悄聲問白素：「嚴重嗎？」

白素也悄聲道：「下半身癱瘓了，但頭腦還很清醒。」

我又向白素作了一個**詢問的手勢**，問她馬金花有否

講了什麼，白素搖了搖頭。

馬金花盯着卓長根看了一會，看着看着，竟露出一副忍不住好笑的神情。卓長根也變得**忸怩**，有點不好意思地伸手按住了自己的禿頂。

馬金花嘆了一聲，「長根，我們都老了。」

卓長根忙道：「老什麼，老也不要緊。」

他一開口，**嗓門**極大，房間裏還有兩個護士，都嚇了一大跳，一起向卓長根打手勢，叫他別那麼大聲。

馬金花接着説：「要是我知道你會來，我才不讓你來看我。」

卓長根有點**惶恐**，「為什麼，你還是不想見我？」

「是我不想讓你見，你瞧瞧，我現在這樣，算什麼？」

「還是那 ✦**熠熠生輝**✦ 的金花。」卓長根旁若無人地説。

這時我忍不住插了一句話：「好了好了，別只顧**打*情*罵*俏***，那兩件正經事，卓老爺子你是想自己開口，還是我和白素來代勞？」

卓長根瞪了我一眼，馬金花也向我望來，「你就是衛斯理？」

我點點頭，馬金花望著我和白素，開玩笑道：「你們小兩口還真*好管閒事*。」

看來馬金花也猜到

133

那兩件事是什麼，我就乾脆單刀直入説：「兩件事而已，第一件是來説媒。」

馬金花一聽，立刻哈哈大笑起來，然後**搖着頭**道：「遲了兩天。我要是沒有癱，還説得過去，但現在，我可不能拖累他。」

卓長根急得連連頓腳，馬金花未等我們開口，已快一步説：「至於第二件事，你們別提了，提了也是**白提**。」

「教授，你怎麼知道我們第二件事是什麼？」白素問。

馬金花自負地笑了一下，「當然知道，你們和他在一起，自然聽他講了我不少**閒話**，你們想問什麼，我還會不知道？」

她説到這裏，頓了一頓，眼望向天花板，像陷入了沉思之中。

過了好一會，她才説：「長根，你留在這裏陪陪我，小

兩口子自己找地方**親熱**去吧。」

我不禁有點發急，「這可不行，過了橋，就不理我們了？」

馬金花瞪了我一眼，「少油嘴滑舌，**快走**，我有話要對長根說。」

卓長根一聽到馬金花有話要對自己說，立時不客氣地趕我們走，「怎麼，想我把你們摔出去？」

我和白素有點**哭笑不得**，只好退出房間，到走廊一端的休息室去。

在休息室裏坐下來後，我依然念念不平，「不是我們替他壯膽，這老頭子膽子再大，也不敢去見他的初戀情人，現在竟然**過河拆橋**！」

白素倒心平氣和：「他們幾十年不見了，總有點話要說。」

「可是我也想聽聽馬教授當年失蹤的秘密啊！勾起了我的**好奇心**，卻不讓我去聽，可惡！」

但白素一點也沒理會我的埋怨，自顧自十分嚮往地說：「卓老爺子的這份情意，倒真蕩氣迴腸，那麼多年了，**一點沒變**。」

我卻有點不耐煩，一邊等，一邊嘮叨着：「要在這裏等到什麼時候啊？」

不知**鬱悶**了多久，白素忽然想起問：「對了，我爹沒來嗎？」

我便把白老大開車送我們來的過程告訴了她，她點點頭說：「那我們不如出去看看爹的情況？」

當我們走出休息室的時候，突然聽到卓長根在**扯開嗓子**大叫：「醫生！快來啊！醫生怎麼還不來？」

只見幾個護士慌慌張張地奔跑過來，卓長根整個人像是

瘋了，不但大叫着，還拳打腳踢房門和牆壁，萬分焦急的樣子。

兩名醫生匆匆**奔跑**過來，卓長根慌忙讓開給他們進入房間，並哭求道：「醫生，你要救救她！」

我和白素也趕過去，看到那兩個醫生正忙着替昏迷了的馬金花進行**急救**，若干護士和工作人員推來許多醫療儀器，從旁協助。

一個醫生轉過頭來，對卓長根責備道：「你到底對病人說了些什麼，使她**受刺激**？」

卓長根像個受了冤屈的小孩子般，竟哭了起來：「我沒說什麼，我只是說⋯⋯她說的話，我一句也不相信。」

那醫生「**哼**」了一聲，卓長根又哭着道：「她說⋯⋯我不相信的話，可以自己去看⋯⋯我說我還是不相信，她就**生氣**了，突然之間，話講不出來，人也⋯⋯

昏了過去……」

　　卓長根放聲大哭。我和白素不由自主地**互望了**一

眼，心中同在疑問：馬金花到底對卓長根說了些什麼？

（待續）

案件調查輔助檔案

肝膽相照

那些粗豪的江湖漢子有了爭執，只要馬金花到場，不必幾句話，就可以令到本來已經反目成仇的人，變成**肝膽相照**的好朋友。

意思：比喻赤誠相處。

面面相覷

大家**面面相覷**，其中一個小伙子突然想到：「馬群停下來了。」

意思：互相對視而不知所措。形容驚懼或詫異的樣子。

一見如故

馬醉木和他**一見如故**，豪邁地拍一下胸膛説：「卓老弟，就算你那一百匹好馬不給我，也算是讓我開了眼界。不論你有什麼事，要我幫忙，只要我做得到，決不推託半句。」

意思：第一次見面就相處和樂融洽，如同老朋友一般。

立身處世

行走江湖，**立身處世**，最要緊的是守信用，既然卓長根的父親這樣説，大家也不再追問下去了。

意思：修養自身，為人處世。指在社會上自立及與人們相處往來。

忍俊不禁

我和白素互望了一眼，都有點**忍俊不禁**。

意思：忍不住的笑。

一籌莫展

部落中擅於醫治牲口的人，甚至説不出馬群患的是什麼病，對橫臥在地上，
看來奄奄一息的大量馬匹，**一籌莫展**，束手無策。

意思：一點計策也施展不出來。比喻毫無辦法。

混水摸魚

時間一年一年過去，誰有馬金花的消息，就可以得到巨額獎金，其間也有不
少人**混水摸魚**，亂報消息，我一律派人去查，可是全無結果。

意思：在混濁的水中撈魚。比喻趁混亂的時機謀取不正當的利益或指工作不
認真。

歷歷在目

事發那天的經過，對卓長根來説，就像是昨天才發生，一切情景**歷歷在目**。

意思：清清楚楚的呈現在眼前。

無動於中

可是卓長根對所有女孩子都**無動於中**，他心中只有一個人，一個已經消失了的人──馬金花。

意思：心裏一點也不受感動。

見機行事

「沒有，不過是**見機行事**而已。」白素現出一副悠然神往的神情，「一段持續了將近一個世紀的愛情，真是動人得很。」

意思：視情況變化而採因應之道。

躍躍欲試

我一挺身，從床上跳了起來，卓長根卻一副**躍躍欲試**的樣子，忽然又改變主意：「不騎馬了，好久沒遇到對手，我們來玩幾路拳腳。」

意思：心動技癢，急切的想嘗試一下。

渾身解數

我也不客氣了，大聲呼喝，向他展開了一輪急攻。卓長根興致大發，使出**渾身解數**，跳躍如飛。

意思：解數，本指武術的招式。渾身解數指將全身所有的本領使出來。

各自為政

這真是熱鬧非凡，三人混戰，有時**各自為政**，有時兩個合起來對付一個，圍觀的人愈來愈多，也愈來愈遠，誰也不敢接近。

意思：比喻各依自己的主張行事，亦比喻政令不統一。

狼狽為奸

卓長根罵了一句：「翁婿兩人，**狼狽為奸**！」

意思：狼與狽相互合作，傷害牲畜。比喻彼此勾結做壞事。

風燭殘年

我們都十分擔心馬金花的病情，一個九十一歲的老人，本來就是**風燭殘年**，像卓長根那樣健壯是極其罕見的例外。

意思：風中的燭火，隨時可能熄滅。比喻臨近死亡的晚年。

蒼翠欲滴

這個療養院以前一定是什麼王公貴族的巨宅，花園相當大，林木**蒼翠欲滴**，還有石雕像、噴泉和幾個極大的花圃。

意思：形容草木茂盛的樣子。

衛斯理系列 少年版 17

活俑 ⊕

作　　　者：衛斯理（倪匡）

文 字 整 理：耿啟文

繪　　　畫：鄺志德

責 任 編 輯：陳珈悠　朱寶儀

封 面 及 美 術 設 計：BeHi The Scene

出　　　版：明窗出版社

發　　　行：明報出版社有限公司

　　　　　　香港柴灣嘉業街 18 號

　　　　　　明報工業中心 A 座 15 樓

電　　　話：2595 3215

傳　　　真：2898 2646

網　　　址：http://books.mingpao.com/

電 子 郵 箱：mpp@mingpao.com

版　　　次：二〇二一年四月初版

I S B N：978-988-8687-53-4

承　　　印：美雅印刷製本有限公司